먼 길을

김동환 시집

한누리
미디어

삶이 쓸쓸하고 쉽지 않은 것이기는 하지만 특히 지난 수년
간 막막하고 어려운 시기에 내게는 詩와 山이 등대불이 되어
주었다.

내 詩들이 힘겨운 삶을 이끌어 가는 이들에게 작은 위안이
라도 되었으면 하는 바램을 가지며 이제 다시 먼 길을 갈 봇짐
을 꾸린다.

어려움 속에서도 흔쾌히 출판을 해주신 한누리 김재엽 사장
께 감사드린다.

2001년 봄날

김 동 환

김동환 시집 / 먼 길을

차례

먼 길을

17 …… 먼 길을

18 …… 망월사 가는 길

19 …… 육교 위의 장님

20 …… 튀밥 장수

21 …… 山寺의 저녁 종소리

22 …… 미로

23 …… 돌담불

24 …… 사람 비슷하게나마

25 …… 감기

26 …… 지각

구름을 보며

29 …… 구름을 보며

30 …… 무엇을 걸고

김동환 시집 / 먼 길을

차례

어느 페인트공 ······ 31

성묘 가는 길 ······ 32

그림자 ······ 33

담쟁이 ······ 34

나비 ······ 35

바둑·2 ······ 36

해바라기 ······ 37

어느 비 오는 오후 ······ 38

화원 ······ 39

벽 ······ 40

*3*부
밤비

밤비 ······ 43

눈물 ······ 44

南北 ······ 45

신탄리에서 ······ 46

오월 ······ 47

김동환 시집 / 먼 길을

차례

48 …… 유월
49 …… 아카시아 숲에서
50 …… 모란공원 묘역에서
51 …… 정치란 무엇인가
52 …… 또 사무실을 옮기며
53 …… 세월

가난한 연인

57 …… 가난한 연인
58 …… 날 저문 산기슭을 걸으면
59 …… 도시의 비·1
60 …… 벌초
61 …… 봄날의 뜰
62 …… 소나기
63 …… 深山
64 …… 왜 산에 가느냐고
65 …… 잠자리야

김동환 시집/ 먼 길을

차례

葬地 …… 66
사막의 꽃 · 2 …… 67
신세만 지고 …… 68
풍경 …… 69

5부
사랑재

사랑재 …… 73
애련 …… 74
사랑니 …… 75
상사화(相思花) …… 76
봄날 …… 77
겨울나무의 편지 …… 78
꽃에게 …… 79
富海軒 …… 80
실 연 · 6 …… 81
실 연 · 7 …… 82

김동환 시집/먼 길을

차례

6부
귀울음

85 ······ 귀울음

86 ······ 歡迎

87 ······ 변두리의 봄날

88 ······ 분꽃과 모과주

89 ······ 엽서

90 ······ 불면

91 ······ 엄마

92 ······ 겨울 폭포

93 ······ 인연

94 ······ 1969년 옥수동

95 ······ 점(占)

96 ······ 작품해설· 求道의 길에 나선 만학의 시인/민 영

 9 ······ 시인의 말

*1*부

먼 길을

- 먼 길을
- 망월사 가는 길
- 육교 위의 장님
- 튀밥 장수
- 山寺의 저녁 종소리
- 미로
- 돌담불
- 사람 비슷하게나마
- 감기
- 지각

먼 길을

팔뚝에 오른 개미를 내려놓는다
일찍 발견했어야 하는 것을
나는 나무와 풀 노을과 막걸리로
날이 어두워지면 하늘의 별로
먼 길을 보상 받지만
너는 어찌 돌아가려는지
내 귀로보다 멀고도 먼 길을

망월사 가는 길

중생교를 건너니
현란한 불빛들의 잔상이 사라지고
겨우 불이암에 이르러
등에서 스멀대던 도시의 소음이 떨어졌다
물소리는 커져 고요만이 뚜렷해지고
계곡에 모여든 어둠은 깊어
바위에 앉아 길어 올리는
사색의 편린들 몇 반짝거린다
누군가 남기고 간 눈물 자국들도 보인다
이 어둡고 적막한 길을 밝히는 것은
달빛이 아니라서
문명의 불빛은 더욱 아니라서
힘에 겨운 망월사 가는 길은 멀고도 멀다
어딘가에 깨어 있을 샘이 그리운
능선 너머 하늘이 환한 깊고 깊은 밤

육교 위의 장님

세밑에 우는 사람들이 많아서일까
충혈된 서쪽 하늘을
행인들은 무심히 바라보며
종종걸음인 육교 위에
기슭을 잡았다 놓는
절망의 하얀 소리를 들으며
외딴 섬 하나 웅크리고 있다
온갖 잡소리 가득한 도시에서
그래도 누군가 던져 주는 동정이
그릇에 떨어져 내는 소리가
原音이 되어 그리는 뭍처럼 다가온다
어느 소리가 이보다 아름다우랴
무슨 소리가 이보다 멀리 울리랴

튀밥 장수

어제 오늘 왜 아니 왔을까
열두 시면 가곡을 들려주는 튀밥 장수
하수구 냄새 풍기고
너도나도 머리를 염색한 아가씨들과
귀고리를 단 젊은이들도 자주 눈에 띄는
강남 도심의 골목길에서
열두 시가 되면 꼭 가곡만을 틀어 주는
얼굴 얽은 튀밥 장수
간혹 알사탕 장수가 와서 벗할 때는
웃음도 보이더라만
생활이 필 날은 아득타 기약이 없어
튀밥 행상을 집어치웠을까
찬바람 불 때는 아직도 멀었는데

山寺의 저녁 종소리

노을이 질 때가 되었노라고

오면가면 서낭당에 왜 돌은 얹었느냐고

한나절을 왜 계곡 물소리만 들었느냐고

아직도 잊을 것이 남았느냐고

미로

길은 낙엽으로 보이지 않았다
희망 없는 사랑처럼
막연한 저승빚처럼

산에서는 일찍 저문다는데
생각나더라

저승빚을 갚는 거라며
아침마다 골목길을 쓸던 노인

돌담불

때로는 쉬어 가고 싶은
산마루나 모롱이에는 어쩌다 소망들이 모여 있다
얼마나 눈물겹거나 간절한 사연이기에
저리 서로서로 의지하며 차곡차곡 쌓여 가는지
무심한 듯해도 오가는 바람은 알고 있으리
힘든 고비와는 달리
돌들의 크기처럼 그만그만할 사연 위에
나도 조심스레 작은 소망을 하나 얹는다
둥글게 또는 사각으로 시작하여
언젠가는 하늘에 가 닿을 소박한 울음들이여

사람 비슷하게나마

신선 비슷하게나마 되어 보려고
기를 취한답시고
굵은 소나무를 잡고 심호흡을 하는데
날벌레 한 마리 자꾸 귀찮게 하네
팔을 휘젓다 아래를 보니
내 등산화에 밟힌 이름 모를 풀들
신음하고 있구나
사람 비슷하게나마 되어 보라고

감기

들과 산으로 쏘다니며 이제는
인연을 끊었다고 돌 밑에 묻은 감기가
올 여름 큰 장마에 되살아나
장마에 죽은 사람과 나무의 혼백으로 되살아나
가을 겨울 어디를 가도 피할 길이 없네
콜록콜록 가슴에 통증을 피할 길이 없네

지각

나무들이 한껏 기지개를 켜고 있는 夏至 무렵
붉나무 들메나무 팥배나무 산사나무
노린재나무 작살나무 산초나무 함박꽃나무
생강나무 누리장나무 병꽃나무 쪽동백 소태나무
남몰래 숨어 있는 나무들을 호명하여
쓰다듬고 출신까지 알아보며 오르다 보니
어느덧 바람결에 풍경(風磬) 소리 들리데
아차 싶어 서둘러 올라가니
이미 자물쇠가 합장을 하고 있는 대웅전
생각 많아 어둑한 하산길에
이제는 나무들이 내 이름을 부르데
동환나무
희성(稀姓)이로군
출신을 따져 보니 늦깎이 인간이라네
나무들의 반열에 이름도 올리지 못한 저녁예불

2부

구름을 보며

- 구름을 보며
- 무엇을 걸고
- 어느 페인트공
- 성묘 가는 길
- 그림자
- 담쟁이
- 나비
- 바둑 · 2
- 해바라기
- 어느 비 오는 오후
- 화원
- 벽

구름을 보며

바람에 몸을 맡긴 나무들 옆
등을 내준 바위에 나도 몸을 맡겨 눕는다
나무들이 비켜 준 푸른 공간에는
떠다니는 다양한 글씨들
나무 이슬 풀 갈대 꽃
눈 감으면
지나온 길 어딘가에서
흐느끼고 있는 너희들이 보인다
역사 이념 분노 욕망 사랑
두 눈 부릅뜨면
지나온 길 어딘가에서
내게 손가락질하는 너희들이 보인다
이제 울음을 그쳐다오
이제 손을 내려다오
나무처럼 바위처럼 사는 것이
어차피 힘든 세상을
때로는 흔들린다 해도
으스러지도록 껴안아야 하지 않겠느냐
애증의 깊이만큼 껴안는 것이 아니더냐

무엇을 걸고

　세월을 걸고 몰두하는 바둑, 한편에서는 푼돈을 걸고 한
창인 화투, 끼니때가 한참을 지나도 세월을 먹고 재미에 취
해 허기를 잊은 친구들 곁에서 나는 고구마에나 목메어 물
병을 치켜들었다 시야에 들어오는 목숨을 걸고 암벽을 타는
사람, 지난함이 매달린 아스라한 벼랑 너머에는 어둠에 기
대를 걸고 숨어 있는 낮달

　무엇을 걸고 어머니는 평생 몸을 도끼삼아 일만 하셨을까,
눈물 찔끔 건들팔월

어느 페인트공

높은 건물 시옷자형 지붕에서
한 사내가 페인트를 칠하고 있었다
쉴 참에는 그저 산과 하늘을 멀거니 바라보았다
다음날 들으니 유달리 푸른 색을 좋아했는데
건물 바닥에 붉은 자국을 남겼다고 한다
나무들이 이제 팔다리가 저리다고
여름내 품었던 무덤들을 하나 둘 내려놓는 용마산을
안쓰럽게 바라보다가
아파트를 징검다리 삼아 뛰어가려 했을까
푸른 하늘을 바라보다가 그 푸르름 속으로
새처럼 날아가려 했을까
그가 칠한 푸른 지붕이 가을 하늘을 닮아 있었다

성묘 가는 길

짙은 안개에 갇힌
서리꽃이 만발한 억새와 잡목에
잠시 나도 갇힌 사이
앞서 가신 아버지는 이내 보이지 않고
아홉 자식에 평생을 갇힌 발자국 그 소리만
꿈결처럼 꿈결처럼
멀어져 가고
뒤에 오는 큰애와 작은애의 두런대는 소리가
물결처럼 물결처럼
다가오는 성묘 가는 길

그림자

별이 보고 싶어 그믐밤 홀로 하는 산행
그리운 것들은 보이지 않고
회룡사 불빛이 반가워 서두르다가
바위를 끼고 가는 사람을 보고 놀라 멈칫
다시 보니 그건 또 다른 내 그림자
때로는 알 수 없는 삶의 그림자

담쟁이

어느 겨를에
누군가 그물을 던졌다

작열하는 태양과 비바람에도
삭지 않고 더욱 촘촘해져
도저히 빠져 나갈 수 없는
세월의 그물

나비

서두르지 않고 잔잔히
미풍에 나뭇잎 흔들리듯
빨랫줄의 기저귀 흔들리듯
가고 있는 시간
도심을 나는 새
목이 쉰 행상
긴 차량의 행렬
한 곳으로 한 곳으로
가는 길은 같으련만
알 수 없어라
번잡한 도시의 오후
길 잘못들은 나비 한 마리
잠시 정지된 시간의 구두점
화려하게 성급히 날다 길 잃은
이제야 멈추어 둘러보는
내 젊은 날의 날개

바둑 · 2

인생과 닮았다기에 배운 바둑을
나는 莊子風으로 둘 요량이었으나
무척이나 지기는 싫어
툭하면 제갈량처럼 되고 싶었다
살았다고 한 잔 죽었다고 한 잔
삶과 죽음을 술 마시듯 넘나들어도
제대로 산다는 것은 귀와 변을 지나
天元처럼 아득한 것을

해바라기

장마와 가뭄에도
오면가면 나누던 목례
한적한 변두리 사색의 길목에서
서로 말은 없었다
우리의 우정처럼 깊어 가는
가을 어느 날
산책 길에 보니 줄기와 잎만 남았구나
이제야 알겠다
환하고 넉넉하던 너의 웃음이
어째서 검고 우울하게 변하여 갔는지를
여름내 키운 우뚝한 사색
그 주위에 모여든 풀들이
왜 찬 바람에 갈 길 몰라 흔들리고 있는지를

어느 비 오는 오후

    참새들이 모여 재재거리는 향나무 건너 구멍가게에는 아
낙네들이 모여 수다를 떠는 지루한 오후 낮거리하던 수탉이
힘차게 우는 골목길 지나는 사내 갑자기 소피 보고 싶었다

화원

구파발 전철도 끊긴 시간 밤비는 오는데
딸아이는 가로수에 머리를 기대고 있었다
불안과 분노는 사라지고 시야가 흐려졌다
타거라
아빠 미안해요, 술냄새가 풍겼다

릴케가 부럽던 열아홉 어느 비 오는 날
무작정 아무 버스를 타고 내린 종점에서
마냥 걷다 찾은 장미 뒤덮인 화원
구파발 버스 종점을 지나 어딘가에 있던

얘도 화원을 찾아 헤매고 있는 것은 아닐까
왜 하필이면 구파발까지 오게 되었을까
무슨 화원이길래 저리 술을 마셨을까
밤비는 오는데 내 시야는 다시 흐려지는데

벽

담쟁이가 떼지어 건물을 오른다
그냥 위만 보며 오르고 넘는 것이
삶의 목표인 양
소리도 없이 하루하루 벽을 기어오른다

나 역시 이런 저런 벽을 오르고 넘으며
하루하루 위만 보고 예까지 왔구나
면벽하며
다른 세상을 꿈꾸고 있는
어느날
대열에서 이탈한
담쟁이 한 줄기 거꾸로 서서
유리창 안 다른 세상을 가만히 엿보고 있다

일순간 나와 눈 마주쳐
반가움에 손을 내밀었으나
투명한 또 다른 벽으로 인해
우리는 서로 손을 흔들었을 뿐이다
그는 바람에 흔들리면서
나는 세파에 흔들리면서

3부

밤비

● 밤비
● 눈물
● 南北
● 신탄리에서
● 오월
● 유월
● 아카시아 숲에서
● 모란공원 묘역에서
● 정치란 무엇인가
● 또 사무실을 옮기며
● 세월

밤비

팔리지도 않는 책 더미로
좁아 터진 출판사 사무실 귀퉁이에서
맥주와 소주를 한보사태에 섞어 마시고
일어선 한밤중
내 울분에 찬 이야기에도
별 말이 없는 택시 운전기사는
"비가 오고 나니 공기가 맑아졌습니다"
골목길로 들어가야 한다는 말에도
"괜찮습니다 어디라도 모셔다 드려야죠"
그 사이에 이런 비가 왔었구나
분진으로 뒤덮인 대도시에
이 사람 같은 밤비가 내렸구나

눈물

光速으로도 헤아릴 길이 없는
아주 멀고도 먼 곳에서
먼 은하수에서
아직은 神話로 남아 있는 별자리와
들통 난 가까운 달나라를 지나
이 작은 지구에서
赤身의 아프리카와
風神이 좋다는 아메리카와
변하지 않을 것 같던 황색의 대륙을 거쳐
이 작고도 작은 반도에서
다 낡아빠진 담벼락에 부딪쳐
아직도 동해로 돌아야 하나
서해로 돌아야 하나 헤매다 보니
어느덧 새벽녘 목이 메는

南北

또 얼마를 더 기다려야 하는지
낙담한 노모를 위로하다 보니
회한만 더해 간다는
친구를 위로한다고 함께 오른 산허리
어디선가 산비둘기가 운다
매미가 운다
구구구 아무리 구슬퍼도
매암매암 칠 년을 땅 속에서 기다렸다 해도
오십 년을 넘어 기다린 슬픔과 아픔만큼이야 하겠느냐
그래 그래 산비둘기가 운다
암 암 매미가 운다

신탄리에서

  종점 아닌 종점 신탄리에는 철마는 달리고 싶다는 표지판
뒤에 평상과 무쇠 솥 무심히 놓여 있고 누가 심었을까 통일
이 되면 베일 버드나무 한 그루 가지 흔들며 이제야 와 보느
냐 나를 나무라데 피난길에 태어나 서울이 고향이 되어 버
린 친구는 한 발짝이라도 고향 가까이 살아보자고 여기를 자
주 와 보셨다는 아버지 생각에 고대산에 오르다 말고 날 붙
들고 울데 꿈을 이루지 못한 궁예처럼 그렇게 그렇게 서럽
게 울데

     고대산 : 궁예가 올랐다는 신탄리에 있는 산

오월

하염없이 연둣빛 나뭇잎을 바라본다
사월의 져버린 꽃잎 같은 것은 잊어버리고
피 묻은 욕망의 칼 같은 것은 잊어버리고
억울한 무덤 같은 것도 잊어버리고

황홀함 뒤에 오는 부끄러움에 창문을 닫다

유월

추녀 아래 앉아 빗소리를 듣는다
툭 툭 간헐적인 불협화음
어린 감나무 열매가 떨어진다
튼실한 결실을 맺을 것들을 위해
저리 서둘러 가버리는가
죽음이 단지 잊혀지기 위한 것이라면
살아 남은 자들의 축제를 위한 것이라면
자연의 법칙은 우리에게 맞지 않는다
꽃처럼 떨어져 간 또는
사선을 넘나든 형제의 자식들과 함께
다시 특권층의 불협화음을 귀담아 듣는다
그들의 죽음을 잊지 않기 위하여
이제야 그들을 위한 참된 축제를 위하여

아카시아 숲에서

잠시 향기에 취해
그대 손을 잡았지만
저 깊은 도심에 머물다 오는
오월의 바람에는 무언가 있어
언제나 눈이 아리다

떨어진 꽃잎
떨어지는 꽃잎 꽃잎 꽃잎
그대 잡은 손을 버리고
두 손을 내밀어 꽃잎을 받다

덧없는 오월의 칼
덧없는 오월의 욕망

이미 그대 손은 차갑다
내 손에는 피가 묻었다

모란공원 묘역에서

온몸을 던져야
끊임없이 힘껏 던져야
작은 못이라도 이루는 것을

못에서 물이 넘쳐 흘러야
끊임없이 흘러야 내(川)가 되는 것을

이제야 그대들 찾아가 고개 숙이니
새 울음도 숲의 향기도 녹아 든
폭포소리가 우렁찬 폭포소리가 들린다

정치란 무엇인가

점심을 먹고 나오다가
전봇대에 묶인 강아지를 아직도 어르고 있는
초등학교 하학길의 소녀를 보고 말을 건넸다
강아지를 꽤 좋아하는구나
외로운 것 같아서요
외로운 게 뭔데
혼자 있는 거예요

식당에서 방금 읽은 장황한 사설이 떠올랐다
정치란 무엇인가

또 사무실을 옮기며

나라가 부도 난 지경에
그나마 생계를 작파하지 않은 것도 다행일까
만남과 헤어짐을 함께 실은 여객기가
자주 지나가는 서울 변두리
마땅히 작별할 만한 사람도 없어
樹州의 묘소에 참배를 하고 나오니
여객기가 낮게 지나간다
그 기류에 더는 감량할 수 없는
알몸뚱이 나무들이 부르르 몸을 떨다

　　　　樹州 : 변영로(1897~1961)의 호.

세월

군모를 쓴 채 꾸벅 인사를 했다
못마땅한 내 목소리가
아들애의 손을 잡고 어쩔 줄 모르는 아내를 제쳤다
거수경례를 하거라
단결
더 크게
단결

제대하고 며칠 후
지나가는 領官에게 거수경례를 한 친구여
월남전에서 돌아와 만난
殺氣로 눈을 똑바로 쳐다볼 수 없었던 친구여

*4*부

가난한 연인

● 가난한 연인
● 날 저문 산기슭을 걸으면
● 도시의 비·1
● 벌초
● 봄날의 뜰
● 소나기
● 深山
● 왜 산에 가느냐고
● 잠자리야
● 葬地
● 사막의 꽃·2
● 신세만 지고
● 풍경

가난한 연인

장신구를 늘어놓은 가로등 아래
사람들이 하루살이처럼 모여 있었다
별나라에서 온 것처럼 머뭇거리던 여인이
목걸이 하나를 만지작거렸다
달나라에서 온 것처럼 서툴게 흥정을 한 남자가
그녀의 목에 서툴게 목걸이를 걸어 주었다
언제인가 약삭빠른 지구인이 되어 버린 나는
혹시나 하고 하늘을 본다
도시의 밤하늘 내 다시 돌아갈 별은 없다

날 저문 산기슭을 걸으면

날 저문 산기슭을 걸으면 보이지
단순해진 능선의 부드러움이
개울에 잠긴 구름의 겸손함이
멀리 있어 그리운 마을의 불빛이

날 저문 산기슭을 홀로 걸으면 알게 되지
새와 풀벌레의 울음에 잠긴 외로움을
초목과 사람이 묶인 그 끈의 아름다움을
우리는 왜 서로에게 너그러워야 하는지를

도 시 의 비 · 1

소음과 직선뿐인 도시에
목마른 풀과 나무들이 있어
비는 내린다
사람들은 서둘러
우산이나 버스에 몸을 가두고
사선으로 몰려오는 추억에 마음을 푼다
일찍 어둠이 오고
밤 늦어 어둠이 소음까지 삼키면
홀로 남는 빗소리
이제는 귀가 트인 이들이 있어
비는 내린다

벌초

　여름내 자란 풀들이 몇 마력의 칼날에 마구 잘려나가는 서슬에 상수리나무 소나무 움찔하는데 젊은이 서너 명은 잘려나간 풀들을 갈퀴로 걷어치우고 육촌 형은 어른들께 막걸리와 함께 뒤늦게 문명의 이기를 권하지만 새집 할아버지는 못마땅한 듯 낫을 놓고 담배만 태우시고 웃집 아저씨는 낫으로 복숭아나 깎아 드시고 있다 젊은이들은 벌초기를 진작 마련할 걸 그랬다며 모처럼 모인 또래들과 화투라도 치며 술마당을 벌일 생각에 몸놀림이 더욱 빨라져 열 시도 안 되어 끝나가는 벌초

봄날의 뜰

눈길 자주 못 주어 아직도 미안한
향나무꽃 회양목꽃 사라지고
여전히 울을 장식한 개나리꽃 옆에
진달래꽃 살구꽃 시새우는데
비바람 소식에 불안한 내 마음 모른 채
목련꽃은 이제야 피기 시작하누나
앵두나무도 라일락도 꽃봉오리 맺혔건만
해마다 죽은 게 아닌가 가슴 졸이게 하는
감나무 대추나무야 언제쯤 싹을 보일래

소나기

산마을에 날 저물 듯

불침 맞은 듯

도둑놈 소 몰 듯

마침내 세상 천지에

눈물만 가득한 듯

深山

아득한 산 너머
산 산 산
시선 따라 쓸려가고 밀려오는
소리 없는 파도

뭣하러 예까지 혼자 왔을까
갸웃대는 갈대의 무리

부러웠어라
山 사람

왜 산에 가느냐고

언제나
고향처럼 제자리에 있는 나무와 계곡의 물 때문일 거야

가끔은
노을과 산사의 저녁 종소리와 하늘의 별 때문일 거야

어쩌면
어른이 되어 함부로 내비칠 수 없는 슬픔 때문일 거야

잠자리야

양철판에 널은 호박고지를 뒤치시는
호박고지처럼 굽은 어머니의 등에 앉은
잠자리야

안쓰러워 앉았니
포근해서 앉았니

葬地

굴착기에 고꾸라지고 나자빠지는
이제 막 꽃을 피운 아카시아
겨우 열매를 맺은 상수리나무
뿌리째 뽑혀 매장되는 풀
죽어가는 아카시아 꽃내는
피어오르는 향보다 짙고
사람들의 호곡소리는
그들을 위한 弔哭으로 들리는 장지

죽어도 인간은 혼자 죽지 않는다

사막의 꽃·2

뜨거운 모래밭에
누가 또 불을 지폈을까
지난밤 유난히 많던 유성들이
부싯돌이 되었나 보다
사막을 가로지르는 종교의 외침도
공허한 봄날
양 치는 아브라함의 손녀
이슥토록 잠들기는 틀렸다

신세만 지고

눈 쌓여 사라진 산길에
드문드문 길잡이 노릇을 하고 있는
지난해 낡은 연등아

차디찬 눈옷을 입고도 꼿꼿한 나무야

애써 먼 길을 온 쇠락한 햇빛아

한겨울 추위에도 솟아나는 샘물아

인적 없는 겨울산
눈길에 발자국이나 남기고
나 그대들 신세만 지고 돌아가네

풍경

바람에
미루나무가
노을 쪽으로
쏠리는
외딴 마을

저녁 짓는
연기를
보태어
바라보는
下山길 풍경

지난 것에 대한 그리움은
모두 모두 노을로 몰려 있네

5부

사랑재

● 사랑재
● 애련
● 사랑니
● 상사화
● 봄날
● 겨울나무의 편지
● 꽃에게
● 富海軒
● 실연 · 6
● 실연 · 7

사랑재

담뱃재처럼 사랑에도 재가 있더라
털 데가 마땅찮아 가슴에 쌓이더라
이제나저제나 지니고 다니다 보니
비 오는 날 가슴은 곤죽이 되더라
눈 오는 날에는 분수처럼 피어 올라
머리에 떨어져 은빛 비수도 되더라

애련

바위를 덮은 눈 위에
앞서간 누군가 애련이라 써 놓았다
哀戀일까 愛戀일까
나무에는 눈꽃이
머지않아 사라질 눈꽃이 피었는데
뒤에 사람들도 꽃 같은 사랑을 피울 것이다
햇빛에 눈이 부신 사랑을,
마침내 사랑은 녹아 버리고
눈 쌓인 겨울 어느 날
쓸쓸한 산행 길에 오르다 보면
누군가 또 눈 위에 쓸는지도 모른다
애련이라고

사랑니

그래 인간사 언제나 사랑이 문제였지
틀니를 낄 나이쯤 되어야
그 굴레에서 벗어날 수 있을까
더구나 사련(邪戀)은 말썽이라지
눈에 잘 띄지 않는 저 깊은 구석에서
은밀히 조금씩 자라다가
어느 날 아픔으로 다가오거든
애달파 손으로 가만히 감싸 안아도
그 아픔 너무나 커 언젠가는
눈물겨운 긴 망각의 다리 건너야 하리

상사화(相思花)

접고 접어도 다시 펴지는
눈물로도 꺾지 못한
그대 향한 그리움의 날개를
이제는 자르리라 맘먹은
지난해 이맘때
산행길에 만난 상사화

잘 벼린 칼이 무슨 소용이랴
날 시퍼런 작두라 한들 무슨 소용이랴

봄날

꽃다운 꽃들 천지에
꽃처럼 눈시울 붉어져
꽃보다 붉어져
꽃바람 따라 떠도는 봄날
꽃은 눈먼 사랑처럼 왔다 가네
꽃은 미약이었네

겨울나무의 편지

어제도 그제도 마냥 기다렸다고
어쩌다 들르는 새들마다
메마른 팔을 한껏 뻗어 붙잡고 물어도
재회의 날은 모른다 하더라고
때로는 윙윙 소리내어 울기도 하다가
때로는 눈꽃 피워 슬픔을 감추기도 하지만
사랑은 이렇게나 쓰린 것이려니
초록 꿈 말고는 걸친 것 없는
여윈 팔을 허공에 뻗은 채
오늘도 묵묵히 기다리고 있다고

꽃에게

오랜 열병 끝에
솟아난
그리움의 지문

사랑이여
함부로 지지 말아라

富海軒

벽과 기둥에 액자는 그대로 걸려 있었다
高朋滿座
年年如意
만두와 빼주 한 병 주세요
무심히 예라고 대답할 뿐
주방과 나누는 광동어가 귀에 익었다
나만의 액자에 이십여 년을 넣어 둔
소녀는 색이 바래 카운터에 걸려 있었다

실연 · 6

건너고 보니 이름이 극락교였다
극락은 못가도 좋으니 이승에 있는 동안
그 사람이나 잊게 해 달라고 빌었다
돌이 쌓여 있는 곳에서는
고르고 고른 돌 하나 얹으며
돌처럼 무심하게 해 달라고 빌었다
건너면 연모에서 벗어나는 다리는 없는가
아카시아 꽃잎 지는 산길을 걸으며
차라리 저런 때가 빨리 오게 해 달라고 빌었다

실 연 · 7

바람 없이도
가슴으로 파고드는
山寺의 종소리
갈 길 잃고 싶은
어스름 저녁
그대를 잊기에는
한세상이 짧다

6부

귀울음

- 귀울음
- 歡迎
- 변두리의 봄날
- 분꽃과 모과주
- 엽서
- 불면
- 엄마
- 겨울 폭포
- 인연
- 1969년 옥수동
- 점

귀울음

소시적 새알을 찾아 쏘다니던 봄
어미새의 절박한 울음이었다가

평생 죽인 모기들의 원성이었다가

먼 먼 가을산 갈대를 붙잡고 울던
숨죽인 내 울음 소리였다가

잊으라고 이쯤에서 잊어버리라고
겨울날 내리던 싸락눈 소리였다가

歡迎

숨이 가쁜
오십 고개 넘어
겨우 집을 마련한
친구의 산동네
집들이에 가는 길
돌아드는 골목에
연분홍 꽃잎
즐비하게 깔렸다

변두리의 봄날

하학길 아이들의 발걸음이 가벼운 골목에는
중풍을 털고 일어난 노인이 무던히 걷는 연습을 하는

쥐똥나무 울타리를 돌아서니
겨우내 바람끼리 칼질깨나 했을 벌판에는
한창인 버들개지의 군무가 어느 해 초봄 능현리
日章旗를 지우려는 듯 휘날리던 눈보라와 오버랩 되는

아등바등 삶에 매달린 끈들이 조금은 헐거운
개살구꽃도 핀 변두리 동네 하늘에는
프테라노돈의 후예 같은 여객기가 세월을 이고 가는

능현리 : 명성황후 민비의 생가가 있는 마을
프테라노돈 : 약 팔천만년 전 하늘을 날아다닌 공룡

분꽃과 모과주

저물녘
뒤란
단장에쓰려분꽃씨를따는누님
대청마루
과년한손녀를근심스레바라보시며
모과주드시는할아버지

늦가을비
지는 분꽃
홀로 된 누님
찬바람에 기울이는 잔
작년 이 무렵
할아버지 생각에 담근 모과주

엽서

책갈피에 오래 잠든 동화 속의 유치원 옆
노인 몇 주름살에 바글대는 햇살을 동무 삼아 앉아 있는 공원
하나 둘 발치에 배달되어 쌓이는 플라타너스 가을 엽서
마침내 찬 바람 불어 뿔뿔이 흩어지는 안부

불면

마무리할 감동적인 詩句 때문이라면
얼마나 기쁠까

전철에서 노래 부르는 장님 때문이라면
얼마나 인후할까

달빛이 길을 내는 밤바다 때문이라면
얼마나 순수할까

맞수에게 몇 판을 내리 진 바둑 때문에
엎치락뒤치락 잠 못 드는 밤

엄마

장모가 준 배추씨
꽃 피어
흰나비 모여든 뜰
아내의 흐느낌

새벽녘
꿈에서 깬 듯
쉰이 다 된
아내의 울음 소리

문득문득
우리는 그럴 것이다

엄마
엄마아

겨울 폭포

말 없는 겨울 산에
모처럼 긴 혀가 생겼어요

바람은 쌩쌩
태양은 은근하게
우리는 발을 동동 구르며
모두가 보챘지요

아무리 보채고 기다려도
천성인지 길고 하얀 침묵뿐이었어요

인연

구옥이나 뜰이 있어 이사를 오니
이웃들은 집 내놓은 지 칠 년만에 우리가 왔다나요

은행나무는 여러 해가 지나도 열매를 맺지 않기에
뭣하러 해마다 키만 크나 했는데
저쪽 멀리 어느 집에도 은행나무가 있어
올해는 끄트머리나마 서로 얼굴을 보게 되었지요
드디어 열매를 맺었어요

1969년 옥수동

친구들은 놀러 오면 으레 물지게를 지고 공동수도에서 헐떡이며 물을 길어다 주던 산동네

저녁에는 사람들이 소중한 보물인 양 쌀봉지를 가슴에 품거나 연탄 한두 개를 새끼줄에 꿰어 들고 숨이 가쁘게 넘어오던 약수동 고갯길

비가 몹시 오는 날이면 벼랑 아래 옥수동 종점에서 버스를 타고 끝까지 가보던 열아홉

구파발 종점에서 내려 무작정 걷다 보면 눈에 들어오던 화원과 장미라는 이름의 다방

객혈처럼 붉디붉은 장미를 보고 있으면 릴케의 시보다 차라리 그의 죽음이 더 부럽던 절망

여름마다 장마에 물이 든다는 아랫동네를 지나 코스모스 피어 있는 철로를 건너 강변에 앉아 바라보던 노을 그리고 긴 차량의 기차

겨울로 접어들어 강바람처럼 차가워진 매형과 눈시울이 자주 붉어지던 둘째 누님

눈이 오는 날 꼭 한번 가 보리라던 그 화원과 다방에는 가보지 못한 그 해 겨울 유난히 강바람이 세차던 옥수동

점(占)

점이나 볼까

부랴부랴 남은 술 마시고 가 보니

막 좌판 걷어 들어갔다고

예끼 한 치 앞도 못 보는 사람아

求道의 길에 나선 만학의 시인

민 영 (시인)

1

이 어지럽고 혼탁한 세상에 시인은 무엇을 바라고 시를 쓰는가? 사람의 정신적 가치가 날이 갈수록 곤두박질치고 오만한 자들의 권세와 탐욕이 저자를 휩쓸어 가난한 자는 더욱 가난해지고 일터에서 쫓겨난 사람들의 한숨 소리가 사무치는 이 시대에, 단 몇 줄의 글로써 사람들의 마음에 위로의 등불과 깨달음의 번갯불을 일깨워 주려는 시인의 소망은 어디에서 이루어져야 하는가?

비록 길을 찾아 나선 것이 늦기는 했으나 그 행보가 올곧고 성실하여 기대에 어긋나지 않으리라는 믿음을 안겨주는 시인 김동환을 처음 만난 것은 그리 오래된 일이 아니었다. 내 오랜 문학적 동기인 신경림 시인이 사오년 전의 어느날 나에게 소개하고 싶은 젊은 시인 하나가 있으니 나오지 않겠느냐고 물어왔기에, 삼선교 지나 돈암교 근처의 음식점에서 처음 만나보았다.

그러나 내가 본 그에 대한 첫인상은 그리 흡족한 것이 아니었다. 젊은 시인이라 했지만 김동환은 그때 이미 젊음의 팔팔한 기운이 가신 중년의 나이였고, 톡톡 튀는 재기보다는 이미 수많은 세월을 힘겹게 살아온 사람에게만 나타나는 신중함과 소극적인 점잖음이 몸에 밴 듯한 온화한 신사였다. 더욱이 그의 나직하고 조심스러운 말소리를 들었을 때 이 험난한 세기말의 문학판에서 그가 어떻게 자기만의 독특한 문학세계를 쌓아 올릴 수 있을까 하는 기우마저 들었다.

　그럼에도 나는 그가 나에게 보내준 한 권의 시집(거부하지 못하는 자의 슬픔, 1996년)을 읽고 나서, 그 자신이 겪어온 인생의 마디마디에서 주워 올린 사색의 이삭들을 이토록 정직하게 피력해 나간다면 보다 나은 작품을 쓸 수 있겠구나 하는 믿음을 갖게 되었다.

2

　그가 가져온 이번 시집의 초고를 읽고 나서 내가 느낀 것은, 먼 길을 돌아서 문학의 길로 들어선 김동환 시인이 이제야 또 다른 새로운 길을 모색하고 있다는 조짐이었다. 그것은 1996년에 낸 둘째 시집《거부하지 못하는 자의 슬픔》에 내장된 생활에서 오는 슬픔의 서정이라기보다는 보다 근원적인 구도의 길을 향한 출발인 듯하다. 사람은 누구나 평생 동안 여러 갈래의 길을 찾아 나서게 마련이지만, 불혹과 지천명의 나이를 넘어서 찾아가는 길은 어떤 것일까?

중생교를 건너니
현란한 불빛들의 잔상이 사라지고
겨우 불이암에 이르러
등에서 스멀대던 도시의 소음이 떨어졌다
물소리는 커져 고요만이 뚜렷해지고
계곡에 모여든 어둠은 깊어
바위에 앉아 길어 올리는
사색의 편린들 몇 반짝거린다
누군가 남기고 간 눈물 자국들도 보인다
이 어둡고 적막한 길을 밝히는 것은
달빛이 아니라서
문명의 불빛은 더욱 아니라서
힘에 겨운 망월사 가는 길은 멀고도 멀다
어딘가에 깨어 있을 샘이 그리운
능선 너머 하늘이 환한 깊고 깊은 밤
　　　　　　　　—〈망월사 가는 길〉전문

　망월사가 어디에 있나? 중생교를 건너서 불이암에 이르면 정
신을 헷갈리게 하는 도시의 불빛과 소음도 멀어지고 계곡의 물
소리만이 뚜렷하게 들리는 곳, 이 어둡고 적막한 길을 밝히는
것은 문명의 불빛이 아니라 밤에도 깨어 있는 샘이 아닌가. 능
선 너머의 하늘이 환한 망월사 가는 길, 그 길이 멀더라도 언
젠가는 찾아가야 할 본연의 길임을 이 시는 알려주고 있다.
　시인의 고향인 여주에는 벽절(신륵사)이 있다. 신라 때 창
건된 이 아름다운 절에는 화강암 기단 위에 벽돌로 쌓아올린
탑이 있으며, 그 그림자가 아득히 남한강의 푸른 물빛에 어려
서 절승을 이룬다. 고려 말의 고승 나옹이 입적한 곳으로 알

려진 이 절 때문인지 그 지방에는 불교에 입신한 사람들이 많은데, 김동환도 그런 뜻에서 일찍부터 불교적 소양이 그 마음 속에 쌓여 있는 사람인 듯하다. 이렇게 대자대비, 중생구제의 부처님의 뜻을 따르다 보면 오다가다 마주치는 사람들의 모습도 예사롭게 보이지 않는 법인데, 길을 찾아나선 길에서 마주친 슬픈 사람들이나 미물의 모습도 그대로 지나치지 못하는 것이 시인의 눈인지도 모른다.

> 높은 건물 시옷자형 지붕에서
> 한 사내가 페인트를 칠하고 있었다
> 쉴 참에는 그저 산과 하늘을 멀거니 바라보았다
> 다음날 들으니 유달리 푸른 색을 좋아했는데
> 건물 바닥에 붉은 자국을 남겼다고 한다
> 나무들이 이제 팔다리가 저리다고
> 여름내 품었던 무덤들을 하나 둘 내려놓는 용마산을
> 안쓰럽게 바라보다가
> 아파트를 징검다리 삼아 뛰어가려 했을까
> 푸른 하늘을 바라보다가 그 푸르름 속으로
> 새처럼 날아가려 했을까
> 그가 칠한 푸른 지붕이 가을 하늘을 닮아 있었다
> ─〈어느 페인트공〉 전문

> 어제 오늘 왜 아니 왔을까
> 열두 시면 가곡을 들려주는 튀밥 장수
> 하수구 냄새 풍기고
> 너도나도 머리를 염색한 아가씨들과
> 귀고리를 단 젊은이들도 자주 눈에 띄는
> 강남 도심의 골목길에서

열두 시가 되면 꼭 가곡만을 틀어주는
얼굴 얽은 튀밥 장수
간혹 알사탕 장수가 와서 벗할 때는
웃음도 보이더라만
생활이 필 날은 아득타 기약이 없어
튀밥 행상을 집어치웠을까
찬 바람 불 때는 아직도 멀었는데
　　　　　— 〈튀밥 장수〉 전문

　앞의 것은 높은 건물의 지붕 위에서 페인트칠을 하다가 눈
깜짝할 사이에 발을 헛디뎌 떨어져 죽은 페인트공의 슬픈 운
명을 노래한 것이고, 뒤의 것은 머리를 염색한 아가씨들과 귀
고리를 단 젊은이들이 우글거리는 강남의 한 골목길에서 열두
시만 되면 가곡을 틀어주던 얼금뱅이 튀밥 장수의 이야기다.
슬픈 일도 슬프지만은 않게, 우스운 일도 우습지만은 않게 노
래한 지은이의 평정지심(과장법을 쓰지 않은)이 조금 섭섭하
지 않은 것도 아니지만, 이것이 어쩌면 세상을 바라보는 깨달
은 자의 명경지심이 아닐까 하는 생각이 들기도 한다. 그러나
김동환의 모든 작품이 이 정도의 경지에 이르렀다고 속단하는
것은 아니다. 그는 이제 그 길의 초입에 발을 들여놓았다.

　장신구를 늘어놓은 가로등 아래
　사람들이 하루살이처럼 모여 있었다
　별나라에서 온 것처럼 머뭇거리던 여인이
　목걸이 하나를 만지작거렸다
　달나라에서 온 것처럼 서툴게 흥정을 한 남자가
　그녀의 목에 서툴게 목걸이를 걸어주었다
　언제인가 약삭빠른 지구인이 되어버린 나는

혹시나 하고 하늘을 본다
도시의 밤하늘 내 다시 돌아갈 별은 없다
　　　　　　　　　— 〈가난한 연인〉 전문

　《거부하지 못하는 자의 슬픔》의 연장선상에 있는 시들도
상기의 〈가난한 연인〉을 비롯하여 여러 편이다. 그러한 시들
에 대한 평은 상기 시집에서 신경림 시인에 의해 이루어졌으
므로 여기서는 생략하겠다.
　김동환이 오늘 우리가 사는 이 세상을 결코 조화를 이룬 불
국토로만은 보지 않는다는 뜻으로 시 한 편을 더 들고자 한다.

　점심을 먹고 나오다가
　전봇대에 묶인 강아지를 아직도 어르고 있는
　초등학교 하학길의 소녀를 보고 말을 건넸다
　강아지를 꽤 좋아하는구나
　외로운 것 같아서요
　외로운 게 뭔데
　혼자 있는 거예요

　식당에서 방금 읽은 장황한 사설이 떠올랐다
　정치란 무엇인가
　　　　　　　　　— 〈정치란 무엇인가〉 전문

　이 세상엔 전봇대에 묶인 강아지뿐만 아니라 혼자 있는 사
람이 많다. 그 외로움을 풀어주는 것이 정치인데도 정치는 날
이 갈수록 난장판이 되어가고, 망월사 가는 길, 그 깨달음으
로 가는 길은 멀고도 힘에 겨웁다. 나서거라! 그대의 시 한 구
절마따나 죽어도 인간은 혼자 죽지 않는다.

김동환 시집

먼 길을

●

지은이/김동환
펴낸이/김재엽
펴낸곳/한누리미디어

●

100-192, 서울시 중구 을지로 2가 148-73
신화빌딩 401호
전화/(02) 2278-4513, 2268-4514
팩스/(02) 2268-4524

●

등록 제16-467호(1993. 11. 4)

●

초판발행일/2001년 5월 15일

●

값 5,000원

●

E-mail/hannury2001@yahoo.co.kr

●

※잘못 된 책은 바꿔 드립니다.
※저자와의 협약으로 인지는 생략합니다.

●

ISBN 89-7969-178-5　　03810